nuestro cuerpo

¿Es roja mi sangre?

Anita Ganeri

EVEREST

Título original: *Blood red*
Traducción: Alberto Jiménez Rioja

First published by Evans Brothers Limited,
2A Portman Mansions, Chiltern Street,
London W1U 6NR, United Kingdom.
Copyright © Evans Brothers Limited 2003.
This edition published under licence from
Evans Brothers Limited. All rights reserved.

© EDITORIAL EVEREST, S. A.
Carretera León-La Coruña, km 5 - LEÓN
ISBN: 84-241-1614-3
Depósito legal: LE. 1308-2004
Printed in Spain - Impreso en España

EDITORIAL EVERGRÁFICAS, S. L.
Carretera León-La Coruña, km 5
LEÓN (España)
Atención al cliente: 902 123 400
www.everest.es

AGRADECIMIENTOS

El autor y el editor desean expresar su gratitud a las
personas e instituciones siguientes por su amable
permiso para reproducir fotografías:

Science Photo Library, p 7 (National Cancer Institute),
p 8 (Profesores P.M. Motta and S. Correr),
p 11 (Alfred Pasieka), p 13 (Damien Lovegrove),
p 23 (izquierda), p 23 (derecha); Bruce Coleman
Collection, p 19.

Fotografías encargadas a Steve Shott.
Modelos de The Norrie Carr Agency y
Truly Scrumptious Ltd.
Y gracias también a: Sara Velmi, Max Wybourn,
Jake Clark, Mia Powell, Lauren Chapple,
Courtney Thomas, Bethan Matthews, Skye Johnson,
Ellen y Jack Millard.

Contenidos

Sangre muy roja

Un líquido muy especial fluye por todo tu cuerpo. ¿Qué es? Sangre muy roja, naturalmente. Es ese fluido rojo y pegajoso que sale al exterior cuando te cortas. La sangre realiza importantes tareas: transporta cosas útiles a cada parte de tu cuerpo, tales como el **oxígeno** del aire que respiras o sustancias beneficiosas obtenidas de los alimentos que comes. Además, recoge los desechos, como el gas **dióxido de carbono**, de modo que puedas librarte de ellos. Esta sangre tan útil ayuda también a tu cuerpo a deshacerse de los **gérmenes** nocivos.

¡MÍRAME!

Cuando naces tienes menos de un litro de sangre: dos tazas grandes. Los adultos tienen unos cinco litros de sangre, la mitad de un cubo.

La sangre no se limita a circular por tu cuerpo. La empuja un potente músculo que tienes dentro del pecho llamado corazón. Cada vez que este asombroso músculo late, empuja a la sangre a través de tu cuerpo por muchísimos tubitos finos. El corazón tiene que latir día y noche para mantener circulando a la sangre.

¡ASOMBROSO!

El corazón y la sangre constituyen tu sistema circulatorio. Puedes ver sus diferentes partes en el dibujo. "Circulatorio" significa que da vueltas y vueltas.

Corazón

Vasos sanguíneos

Vasos sanguíneos

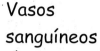

¿Qué es la sangre?

La sangre es un líquido rojo y pegajoso que circula todo el tiempo por el interior de tu cuerpo. Más de la mitad de tu sangre está formada por un fluido acuoso llamado plasma pero, si miras una gota de sangre a través de un **microscopio**, verás que ese plasma tiene montones de pequeñas partículas flotando en él: son tus **células** sanguíneas, que fabrican algunos de los huesos largos de tu cuerpo.

¡MÍRAME! ¡MÍRAME! ¡MÍRAME! ¡MÍRAME! ¡MÍRAME!

Disuelve un poco de azúcar en un frasco de agua tibia, añade dos cucharadas de hojas de té y agítalo. Ése es el aspecto de las células sanguíneas flotando en el plasma.

Las células sanguíneas rojas recogen el oxígeno cuando la sangre pasa por tus pulmones y lo transportan a todos los puntos del cuerpo. Las células sanguíneas blancas se comen los gérmenes y ayudan a tu cuerpo a luchar contra las infecciones. Las plaquetas son células diminutas que flotan en el plasma y sirven para detener la hemorragia cuando te haces un corte.

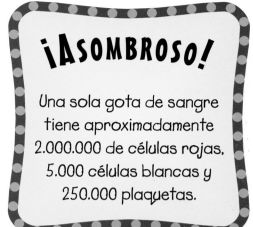

¡ASOMBROSO!

Una sola gota de sangre tiene aproximadamente 2.000.000 de células rojas, 5.000 células blancas y 250.000 plaquetas.

Las células rojas, las células blancas y las plaquetas que flotan en el plasma vistas bajo un microscopio.

¿POR QUÉ LA SANGRE ES ROJA?

Las células sanguíneas rojas son diminutas, pero tienes muchísimas: aproximadamente 30 billones de billones en total. Tienes más células de este tipo que de cualquier otro en todo tu cuerpo. Tienen forma de donut, con una depresión en el centro.

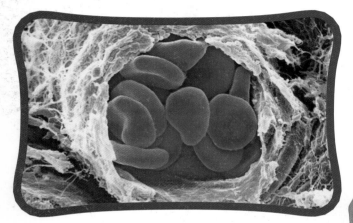

Células sanguíneas rojas, vistas a través del microscopio.

¡ASOMBROSO!

Las células sanguíneas rojas viven unos cuatro meses. Entonces tu cuerpo fabrica otras nuevas. Durante este tiempo, dan más de 150.000 vueltas a tu cuerpo.

Las células sanguíneas rojas tienen un compuesto especial llamado **hemoglobina**. En tus pulmones, el oxígeno del aire que respiras se pega a la hemoglobina, lo que le da el tono rojo brillante a tu sangre. Después, la sangre lleva este oxígeno por todo tu cuerpo, que lo necesita para funcionar. El oxígeno se mezcla con los alimentos que comes para darte energía. Cuando el oxígeno se usa, la sangre se vuelve azul-púrpura.

¡MÍRAME! ¡MÍRAME! ¡MÍRAME! ¡MÍRAME!

Mira a la parte interna de tus muñecas y antebrazos. ¿Ves las delgadas líneas azules? Son tubitos diminutos que transportan sangre usada.

LAS CÉLULAS SANGUÍNEAS BLANCAS

Tus células sanguíneas blancas tienen este color vistas por un microscopio, pero no son realmente blancas: están hechas de una sustancia transparente, como gelatina. Las células sanguíneas blancas son de mayor tamaño que las rojas y ayudan a tu cuerpo a destruir los gérmenes perjudiciales que pueden provocar enfermedades.

¡MÍRAME! ¡MÍRAME! ¡MÍRAME! ¡MÍRAME!

Para saber si tienes fiebre, te tomas la temperatura. Y si estás enfermo, tu cuerpo necesita descansar para poder luchar contra los gérmenes.

Los gérmenes entran en tu cuerpo a través de la nariz y de la boca, o a través de cortes y rozaduras. Una vez dentro, crecen y atacan a tus células, poniéndote enfermo. Cuando tu cuerpo empieza a responder a esta agresión puedes sentir síntomas tales como fiebre, dolores o sensación de malestar.

Algunas células blancas de la sangre rodean a los gérmenes y los devoran enteros. Otras células blancas fabrican sustancias químicas que se adhieren a los gérmenes y los matan. Estas células fabrican miles de sustancias **químicas** diferentes para proteger tu cuerpo contra distintas clases de gérmenes.

¡Asombroso!

Los virus son los gérmenes más pequeños: harían falta millones para cubrir la cabeza de un alfiler. Causan enfermedades como las paperas y los catarros.

Este es el virus que causa los catarros.

PLASMA Y PLAQUETAS

Aproximadamente la mitad de la sangre es un líquido pálido y amarillento: el plasma; tus células sanguíneas flotan en él. Es casi todo agua, pero también lleva sustancias beneficiosas de los alimentos que comes. Tu cuerpo emplea estas sustancias para crecer, reparar lo que sea necesario y darte energía. El plasma también retira los desechos.

¡MÍRAME! ¡MÍRAME! ¡MÍRAME! ¡MÍRAME!

A veces necesitas una tirita para mantener limpia una herida y ayudar a que se cure.

Las plaquetas son células diminutas, más pequeñas incluso que las células rojas, que ayudan a tu sangre a coagularse cuando te cortas. Esto impide que sangres demasiado. Las plaquetas forman tapones duros y resistentes que protegen la herida mientras tu piel se cura.

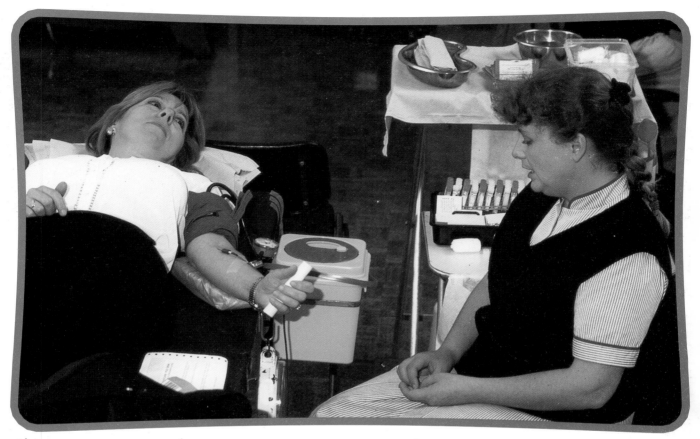

Algunas personas donan su sangre para ayudar a otros que están enfermos, o a heridos que necesitan sangre nueva.

Hay cuatro grupos diferentes de sangre llamados A, B, O, y AB. Tu grupo sanguíneo depende de unas sustancias químicas especiales que están en tus células rojas y en tu plasma. Los médicos hacen tests para averiguar a qué grupo sanguíneo perteneces.

¡ASOMBROSO!

Algunos enfermos pueden necesitar **transfusiones de sangre** para poder curarse, pero ésta debe ser de personas que tengan un grupo sanguíneo compatible con el suyo.

Vasos sanguíneos

Tu sangre circula por el cuerpo a través de tubos muy finos llamados vasos sanguíneos. Las **arterias** son los vasos sanguíneos que llevan la sangre del corazón a todos los puntos de tu cuerpo. Tienen paredes gruesas para que ésta no se salga; estas paredes son además muy elásticas, y así no se rompen con la fuerza de la sangre que circula por ellas.

¡MÍRAME! ¡MÍRAME! ¡MÍRAME! ¡MÍRAME!

Mírate al espejo y tira con cuidado de tu párpado inferior hacia abajo. ¿Ves unos hilitos rojizos? Son unos de los vasos sanguíneos más finos de tu cuerpo.

Los vasos sanguíneos se van ramificando y haciéndose cada vez más pequeños hasta que llegan a ser invisibles a la vista. Cuando son tan pequeños, se llaman **capilares** y llegan a todas y cada una de las partes de tu cuerpo. Los capilares tienen paredes muy finas para que el oxígeno y las sustancias beneficiosas extraídas de los alimentos puedan salir de la sangre y entrar en el cuerpo.

Los capilares se unen en tubos más gruesos llamados **venas**, que devuelven la sangre a tu corazón. Dentro de las venas hay pequeños faldoncillos llamados válvulas que impiden que la sangre retroceda.

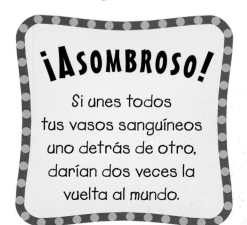

¡ASOMBROSO!

Si unes todos tus vasos sanguíneos uno detrás de otro, darían dos veces la vuelta al mundo.

Corazón

Arterias principales

Venas

Capilares

TEN CORAZÓN

El corazón está en el centro del pecho, un poco a la izquierda entre los dos pulmones. Su función es bombear la sangre día y noche, permitiendo que la sangre lleve oxígeno y sustancias nutritivas a todas las partes de tu cuerpo.

¡MÍRAME! ¡MÍRAME! ¡MÍRAME! ¡MÍRAME! ¡MÍRAME! ¡MÍRAME!

Cierra el puño con fuerza. Ahora es aproximadamente del mismo tamaño que tu asombroso corazón.

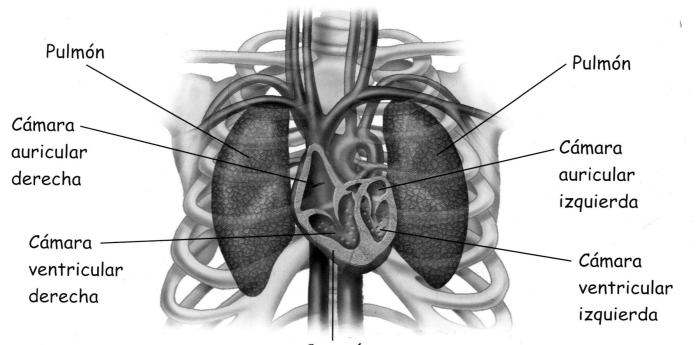

Pulmón

Pulmón

Cámara
auricular
derecha

Cámara
auricular
izquierda

Cámara
ventricular
derecha

Cámara
ventricular
izquierda

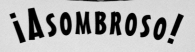
Corazón

El corazón es un músculo muy especial. A diferencia de los músculos de los brazos y las piernas, el corazón nunca se cansa: sigue trabajando todo el tiempo, durante toda tu vida. Los músculos del corazón funcionan un poco como una bomba de bicicleta: se contraen para empujar la sangre hacia todos los rincones de tu cuerpo.

El corazón está dividido en cuatro partes llamadas cámaras. Tienen paredes musculares gruesas entre ellas. Gruesos pliegues de tejidos llamados válvulas conectan las dos cámaras superiores con las dos inferiores.

¡ASOMBROSO!

Tu corazón se hace más grande según creces. ¡El corazón de un adulto es aproximadamente del mismo tamaño que una patata grande!

Latidos cardíacos

Cada bombeo del corazón se llama latido. Cada vez que late tu corazón, la sangre usada de tu cuerpo fluye hacia su lado derecho, desde donde es bombeada a los pulmones para cargarse de oxígeno fresco. A continuación, la sangre va desde tus pulmones al lado izquierdo de tu corazón. Desde la parte inferior, es bombeada a todas las partes de tu cuerpo a través de los vasos sanguíneos.

¡Asombroso!

Tu sangre viaja siempre por tu cuerpo en la misma dirección. Tarda unos 45 segundos en hacer todo el recorrido.

Flujo sanguíneo que entra en el corazón

Flujo sanguíneo que sale del corazón

Flujo sanguíneo que va al pulmón derecho

Flujo sanguíneo que va al pulmón izquierdo

Corazón

Arterias

El corazón de un elefante late muy lentamente.

El corazón tiene unos repliegues especiales, llamados válvulas, que se abren para que la sangre fluya y se cierran para evitar que fluya hacia atrás. Son ellas las que hacen el sonido "pum-pum" que puedes oír cuando acercas el oído al pecho de alguien. Los médicos emplean unos instrumentos llamados estetoscopios para escuchar el corazón de la gente. Con ellos el latido cardíaco es más fácil de oír.

¡ASOMBROSO!

El corazón de un elefante late unas 25 veces por minuto. El corazón de una comadreja** late unas asombrosas 600 veces.

RÁPIDO Y LENTO

El corazón necesita latir todo el tiempo, de otra forma tu cuerpo moriría. Pero no tienes que hacerlo latir: lo hace de forma automática. Tu asombroso corazón late unas 80 veces por minuto, lo que supone más de 100.000 latidos al día. Cada vez que tu corazón late, la sangre sale de él para llegar a todas las partes de tu cuerpo. Puedes sentir estos latidos en tu muñeca o en tu cuello: es lo que se llama **pulso**.

¡MÍRAME!

Presiona la muñeca con tus dedos, justo debajo del pulgar. ¿Puedes sentir como late? Éste es tu pulso.

20

El número de veces que late el corazón depende de lo que estés haciendo. Late más deprisa cuando haces ejercicio. Esto se debe a que tu corazón bombea más sangre para satisfacer la necesidad de tu cuerpo de más alimento y oxígeno. Cuando duermes, tu cuerpo necesita menos alimento y oxígeno, así que tu corazón late más despacio.

¡MÍRAME! ¡MÍRAME! ¡MÍRAME! ¡MÍRAME!

Si pones la mano en tu pecho cuando has estado corriendo, sentirás que tu corazón late muy deprisa.

Corazón sano

Algunas personas tienen problemas porque su corazón no funciona adecuadamente. A veces esto se debe a que los vasos sanguíneos del corazón se bloquean y la sangre no puede llegar al músculo cardíaco, que deja de funcionar. Esto se llama un **ataque cardíaco**. Si tu corazón deja de latir por completo, puedes morir en aproximadamente tres minutos. Los hospitales y las ambulancias tienen máquinas especiales para intentar que tu corazón vuelva a latir si se para.

¡MÍRAME! ¡MÍRAME! ¡MÍRAME! ¡MÍRAME!

Hacer ejercicio, como correr o saltar, es muy saludable para tu corazón.

22

Algunas personas nacen con corazones débiles, y pueden necesitar una operación para fortalecerlos. Los que fuman, comen demasiado o pesan más de lo que deben también pueden estar dañando a su corazón. El mejor modo de cuidar el corazón es alimentarse de forma sana y hacer ejercicio con regularidad. Verás como tu asombroso corazón estará en forma y fuerte durante muchísimos años.

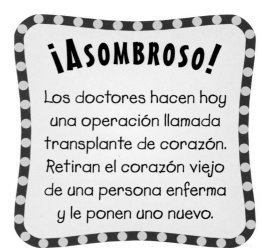

¡ASOMBROSO!

Los doctores hacen hoy una operación llamada transplante de corazón. Retiran el corazón viejo de una persona enferma y le ponen uno nuevo.

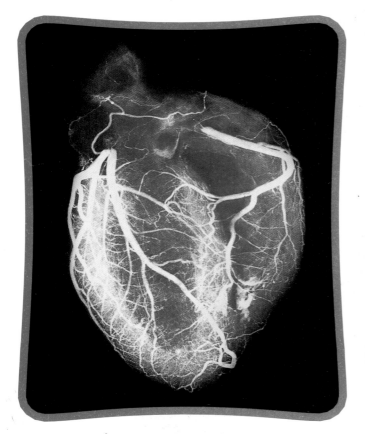

Un corazón sano.

Un corazón con vasos sanguíneos bloqueados.

GLOSARIO

Glosario

Arterias

Los vasos sanguíneos que llevan la sangre de tu corazón a tu cuerpo.

Ataque cardíaco

Cuando el corazón de una persona se detiene porque la sangre no llega a él.

Capilares

Los vasos sanguíneos más finos de tu cuerpo.

Células

Los diminutos bloques constructivos que constituyen cada parte de tu cuerpo.

Dióxido de carbono

Una sustancia gaseosa de desecho que fabrica tu cuerpo, y de la que te libras respirando.

Gérmenes

Seres vivos diminutos que pueden ser los causantes de algunas enfermedades.

Hemoglobina

Sustancia química de tu sangre que es la encargada de llevar el oxígeno; es lo que le da su color rojo.

Microscopio

Instrumento usado para mirar objetos que son demasiado pequeños para ser vistos de otro modo.

Oxígeno

Gas del aire que necesitas para respirar y mantenerte vivo.

Pulso

El latido que sientes en tu muñeca o en tu cuello cada vez que tu corazón late y manda sangre hacia las diferentes partes de tu cuerpo.

Sustancias químicas

Sustancias que hacen diferentes cosas en tu cuerpo.

Transfusión sanguínea

Cuando una persona recibe aporte de sangre de otra.

Vasos sanguíneos

Los finos tubos que llevan la sangre a tu cuerpo.

Venas

Vasos sanguíneos que llevan sangre de todas las partes de tu cuerpo a tu corazón.

Índice analítico

ÍNDICE